KB125400

두 번째니까 자신 있게

제 2 시집

백윤정

머리말

벌써 5년이라는 세월이 흘렀습니다.

《두 번째니까 자신 있게》는 제목 그대로 두 번째 시집입니다.

글 쓰는 게 좋아서 제1 시집은 지인 이웃들과 나누며 많이 행복했습니다. 이번에 많은 사람들의 용기와 격려로 5년 만에 제2 시집을 출간하게 되었습니다.

우리는 살아가면서 돌부리에도 비바람에도 부딪히며 힘들어할 때가 있습니다. 때론 기쁨을 행복을 웃음 짓기도 합니다.

그러다 누군가 써 놓은 글을 읽고 위로받고 힘도 내고 희망을 바라봅니다.

이렇게 이웃이 친구가 되어 가니 고마움을 담아 시를 써 보았습니다. 언제까지나 웃는 날 되길 바라 봅니다.

목차

숨결

내 삶에 꽃이 피었다고 외치고 싶다
산에 오르디 오르다 지쳐도
웃을 수 있다면 난 기어서라도 가고 싶다

바람결에도 숨결에도
숨기고 숨겨도 날 기억하는 조각들로
짜깁기해서 맞춰 보고 싶다

이 느낌 이 기분으로
표정에서 드러나는 기쁨과 환희
행복과 미소로 빛을 발해 보고 싶다
난 이렇게 살기로 했다
오늘도 하루가 보람되게….

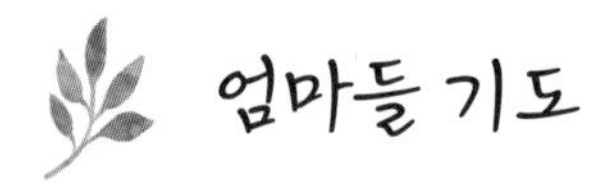

엄마들 기도

모든 엄마의 기도는 한결같다
아이를 품었을 때 내 아이 건강하게 태어나길
아이가 태어나면 내 아이 무럭무럭 자라게 해 달라고
한 걸음 한 걸음 걸을 땐 기적이 일어난 줄 알았다
이렇게 부모 마음은 한결같다

내 자식 잘되라고 내 자식 잘되라고
그 얼굴에 환한 웃음을 짓게 해 달라고

다른 사람들도 사랑하는 따뜻한 마음을
승리 앞에서는 더 겸손하고
어려울 때 용기를 갖고
전진하는 사람이 되라고 기도한다
그리고 언제나 따뜻한 마음 지니며
진실하게 이웃을 사랑하게 하는 마음 갖고
세상을 살라고 기도한다

이 세상 모든 부모가 자식을 위해

한마음으로 기도하는 대로

그대로 자라주었으면 좋겠다

언제까지

이 모든 기도가 엄마들 기도가 아닐까 생각한다.

산다는 것은

남편은 오늘도 새벽 4시가 되면
일어나서 가벼운 스트레칭을 한 후
언제나 변함없이 아내 사랑 중 하나로
세탁기 돌리고 집을 나선다
부탁도 안 했는데 삶의 전쟁 치르러 나가면서

남편은 무거운 벽돌을 손으로 잡으며
그 누군가가 힘차게
또는 살포시 밟고 편하게 다니라고
도로에 벽돌을 놓는 일을 한다

인생의 삶을 살기 위해
그저 그저 힘들어도
버티고 일한다

아내를 위해 자식을 위해서
씨름선수 대표로 소년체전도 나갔었는데
지금은 그 좋던 덩치는

가느다란 사람으로 변했다

그 세월 따라 지금 70이다

얼마나 더 버틸 수 있을까?

그냥

건강하게 건강 지키며 살길 바라며

두 손 모아 오늘도 진실하게

기도했다.

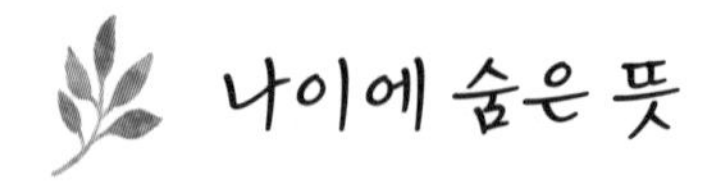

나이에 숨은 뜻

울 아버지 말씀이 생각나 적어봐요

내 나이 20살 때 이후 아버지 소리를 못 했어요

왜냐하면 저 하늘 별이 되셨거든요

황해도가 고향이신 아버지는 술고래였어요

그래서 너무 일찍 엄마하고

우리 4남매 두고 가셨어요

가끔은 아버지 떠올리면

날 앉혀 놓고 하신 말씀 중에

잊히지 않는 게 있어요

사람 나이에 대해서 하신 말씀이에요

사람은 20살부터 성인이다

근데 ㄹ(리을) 자 있을 때

스물 서른 이 시기에 자리 못 잡으면

가난에서 벗어나지 못한다

마흔부터 흔들린다

쉰이 들어가면 쉬어야 하고

예순도 그렇다

일흔에 다시 한번 흔들리고

여든이면 들어간다

이것이 인생이다

몇 번 또 몇 번 말씀하셨는데

그땐 몰랐어요

지금까지 살아온 길 생각하니

다 맞는 말씀이었다

젊어서 딴생각 말고 열심히 해야 한다는 걸

이제야 진짜 알았다.

사랑

사랑은 정답이 없다
글로써 배우는 게 아니니까
정의는 각자 생각하는 게 다르니까

누구는 사랑은 마주보는 거라 하고
누구는 같은 곳을 바라보는 거라 하고
누구는 주어도 주어도 모자라는 게
사랑이라하고

누군가 써 놓은 글에서는 알겠는데
각자마다 표현하는 방식이
하는 말이 다른데

어느 누가 말하는 사랑이 맞는지 모르겠다
아마도 진실하게 서툴지만
각자만의 표현으로 상대방 가슴을 울리면
살포시 손잡고 진심으로 하는 말에
감동이 된다면

이게 사랑 아닐까

사랑은 어려우면서 쉬운 걸까
사랑은 쉬지 않고 도는 시계처럼
멈추면 안 된다고 생각한다
늘 버릇처럼 표현해주면
이게 사랑인 게지.

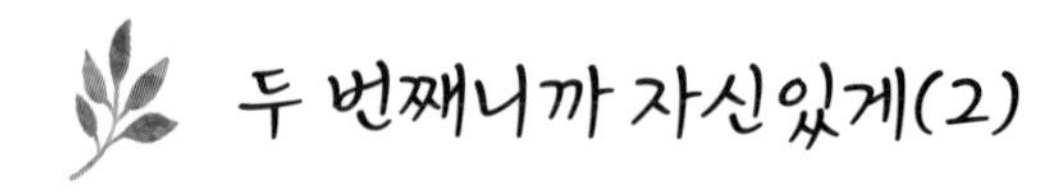

두 번째니까 자신있게(2)

《두 번째니까 자신 있게》란 제목으로
시집을 준비했다
자신만만했는데
자신은 흔적도 없이 사라졌다

처음 시집 낼 때는 그냥 너무 좋아서
하고 싶은 일을 해냈다는 설렘으로
벅찬 기분으로 눈물까지 흘렸다
수많은 모래 위에서 모래성 쌓으며
제3 시집도 제목을 정해 놓고
하염없이 시를 쓰고 지우기를 반복한다

가슴 벅찬 상상도 하고
하염없이 구겨질 자존심도 생각하며
하지만 또 도전해 보고 싶다
언제까지나 늘 내 옆에
친구같이 애인같이 볼펜 노트 지니며
살아가고 싶다

생활이 나를 힘들게 해도
나에게 아주 크나큰 위로와 힘이 될 테니까
가끔씩 혼자서라도 여행하는 과감함이 더해지면
더 많은 시와 주제는 많은 풍경과
지방의 특색있는 음식을 먹으며 찾을 수 있으니까

이런 것이 나의 삶 살아가는 힘이니까
한 번 사는 인생 값지게 살고 싶다
이 지금 이 시기도 잠시 스쳐 가는 시간이 소중해서
멋지기도 하네 하면서 위로가 될 테니까

두 번째니까 자신 있게 시집이 나올 것이다
내가 자랑스럽다.

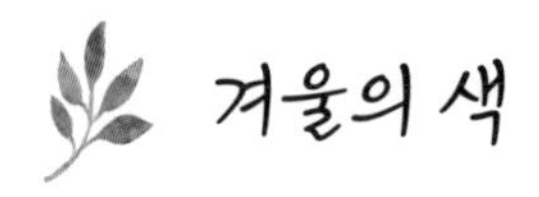

겨울의 색

겨울은 무슨 색일까?

흰 눈이 소복이 내려 흰색일까?

살을 에는 듯한 추위 매서운 바람

앙상한 가지가 있어

알 수 없는 색일까?

가만히 손을 가슴에 대고

물어보았다

아~~ 들리는구나

각자의 마음속에

각자의 삶 속에서

느끼는 게 겨울의 색을

알고 나니

내 겨울의 색은 아름다운걸

알 수 있었다

당신의 겨울 색은 얼마나 아름다운지

알려주세요.

발자국

바닷가 모랫길을 맨발로 걸었다
한참이나 걷다가 뒤를 돌아보니
걸어온 길이 고스란히 찍혔다

걷느라 아름다운 바다도 못 보고
부드러운 모랫길 걷는 촉감이 좋아
기분 좋은 것만 생각났다

도시에서는 온천지가 다 시멘트라
맨발로 걷는 것은 생각도 못 한걸
여기 바닷가에서 맨발로 걸어온 길

바닷물이 밀려오면 지워지겠지만
그래도 한참이나 지나서
신발을 신었다.

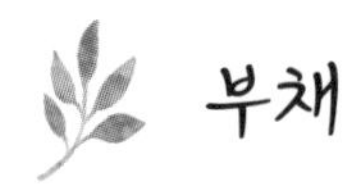

부채

예쁘게 포장된 부채를 선물 받았다
선물은 작은 조약돌 하나라도 기분이 좋다

주는 사람이 날 생각해서
전해주는 그 마음이
너무나도 감사하다

갑자기 어릴 때 동화책에 나오는
요술 부채 생각이 났다
손 선풍기 들고 다니는 많은 사람들

나는 이 부채를 요술 부채라 칭하고
늘 들고 다니면서 바람 세기를
내 마음대로 하면서 부쳐야지

쫙 펼쳐서 보니 대나무 그림을
먹으로 그렸고 낙관도 찍혀 있다

고급스럽고 왠지 더 시원할 거 같다

고맙다고 부채로 바람 세게 부쳐 주니

배시시 웃으면서

더운 여름 잘 보내 한다.

불씨

쏜살같이 지나가는 새를 보고도 말하고 싶다
운명처럼 다가온다고
행운이 행복이

둥글게 둥글게 손잡고
하늘 보면서
소리 질러 외쳐 보자고 해야겠다

나 혼자 행복할 수 없으니까
같이하는 즐거움은 배가 되니까

우리가 말하면 다른 사람은 모르니까
새들은 하나씩 하나씩 물어다
소원이 다 이루어져
큰 화산도 될 수 있으니까
그래서 둥근 세상 편하게 살라고.

내가요

내가요
다시 다이어트 도전해요
많이 힘들고 짜증 나고 힘들 거예요

내가요
살들이 내 허락도 없이 붙었어요
너무나도 많이 있는 살들을
빼려고요

내가요
지칠 때 널브러져서 포기할 때
힘과 용기로 응원해 주세요

내가요
꼭 해내고 싶어요
자랑스럽게 잘했다고
칭찬받고 싶거든요

내가요

노력 많이 할게요

꼭 해보려고요.

오! 놀라워라

세상에 오늘은 기분이 너무 좋은 거 있죠
왜냐고요
분위기 좀 바꿀까 하고

동네 아줌마끼리 모여서
미용실 갔어요
파마 염색 끝나고
거울을 보려는데

세상에나 이 아줌마들이
이구동성으로
절 보더니 이쁘다고 하네요

이 얼마 만에 들어보는 소리인지
기억이 가물가물한데
거짓말 100%이지만
기분이 좋았어요

냉면을 세 그릇 샀어요

진짜 오!! 하고 놀랐거든요

이쁘다는 거짓말

때론 이쁜 거짓말도 필요해요

그래도 고마운 사람들이에요.

겨울이 가면서

겨울이 가면서 앙상한 가지를 보니
쓸쓸한 게 지금 내 마음 같다
누군가 나를 붙잡아 주었음
가만히 있었을 텐데
아무도 붙잡지 않아서 길을 나섰다

앞서가는 사람이 강아지와 산책을 하며
강아지 노는 모습에 큰소리로 웃는다

나도 따라가며 혼자서 소리 없이 웃었다
한 걸음 한 걸음 걸을 때마다
눈도 웃고 코도 웃고 입도 웃었다
웃음이 멈출까 봐
걸음을 멈추지 않고 걸었다

웃으면서 걷고 보니
기분도 좋고 해서 덩실덩실
춤추고 싶었다

아~~ 웃음은 이렇게 소리 없이

웃어도 되는구나 하고 느꼈다

겨울을 보내며

즐거운 하루였다.

당신

오늘은
당신께 고마운 마음을 전하고 싶어
펜을 들었어요

사랑하는 당신이 있어 난 행복해요
잘 안 해 본 소리 오늘은 해 볼까 합니다

많이 고맙다고 진심으로 사랑한다고
그리고
미안한 마음까지 전해 봅니다
이 몇 마디가 당신께는 위로가 되지는
않겠지만

내 마음은 변치 않는 소나무처럼
당신을 믿고 있어요
당신이 늘 내 옆에 있어 줘서
난 항상 감사해요

이제 우리가 70살 다가왔지만

건강하게 살면서

당신 좋아하는 산책 같이 손잡고

마냥 거닐고 싶어요

거닐다가 손 하트도 날려 보고 싶네요

넓은 가슴으로 날 안아 주면

포근해서 참 좋았어요

서로가 표현하는 걸 배우지 못해서

답답하게 살았지만

지금부터 마음껏 표현하기로 해요

근데 조금은 부끄럽네요

남모르게 얼굴이 빨개지네요.

내 찐 친구

내 말이 재미없어도 웃긴 얘기 같으면
늘 웃어주는 친구
싱글벙글 웃으면서 내 손 잡아준다

어쩌다가 전화를 하면
목소리로 내 기분 알아주는 친구

식성이 까다로운 나를 늘 맞춰주며
날 위주로 메뉴 정해주는 친구

어느덧 나이 들어가니
진하게 끓여놓은 가마솥 곰국보다
더 진해만 가는 우리의 우정

사는 곳 사는 삶 다르지만
늘 그립고 늘 보고 싶은 내 친구

이제는 내가 친구의

웃긴 얘기에 크게 웃어주고
목소리만 듣고 기분도 알아주고
친구가 좋아하는 음식도 먹으며

다정하게 손도 잡아주고
오래오래 건강하자고 해야겠다
서로서로 이렇게
생각하면서 살자고

오늘은 내가 먼저 전화를 걸어서
안녕을 물어봐야지.

선물

10년도 더 묵은 담금주
선물하려고 예쁜 유리병을 사 왔다
이 술을 선물 받고 좋아서
웃어줄 지인들 생각하니 기분이 좋다

예쁜 병에 담아 정성껏 포장하고
전화를 한다
목소리 아주 밝게 받으며 좋아해 준다
주는 기쁨이 더 크다
또 10년 묵혀서 선물해야지

봄에 나오는 과일
여름 과일
벌써부터 나는 신난다
내 담금주 받고 기뻐요 하고
활짝 웃는 얼굴들 그 속에서
나는 더 행복한 하루가 된다

오늘은 전통시장 가서

제일 먼저 보이는 과일로

담가야겠다

어떤 과일이 내 눈에 띌까

나도 궁금하다.

나에게도

봄이 오고 겨울은 가고 또다시 여름이 온다
기다리고 기다리는 계절은 늘 오건만
계절이 바뀌고 오면 새롭다
나에겐 아들만 둘이 있다
온 세상 만물은 장성하면
짝을 찾으면서 새로운 가정을 이루어 간다

그럼에도 책에서만 배우고
드라마에서만 배워갔다
짝이 없는 아들들 유난히 늦다
늘 안타깝기만 했는데
얼마나 기다렸는데
작은아들 짝이 선물처럼 왔다

나이는 28세 문氏 성을 가졌다
웃는 모습이 마음씨가 고운 아이 같았다
어제도 집으로 왔다
뭐든 같이하자고 하는 마음

집으로 불러 달라고 얘기한다
점점 한 발 한 발 품 안으로 들어오려는
마음 밭이 너무 예쁘다 얼굴만큼이나

얼마나 기다렸던 며느리인가?
차례대로 며느리를 보면 좋았을 텐데
작은 며느리부터 보게 되었다
앞으로 서로가 싫어하는 거 안 하면
좋은 거 예쁜 말만 하면서
좋은 고부 관계가 되길 조심스럽게
바라본다

서로 바라지도 말고 지금처럼 지내면
별문제가 없을 거 같다
나에게도 며느리가 있다
그래서 나도 시어머니다
늦게 보는 며느리인데
더 소중하고 더 예쁘다

아들 아내이기에 이렇게 나에게도
며느리가 있다

어머니 하는데 듣기가 좋아서

웃으면서 좋아했다

기분이 좋아서 집으로 갈 때

포근히 안아 주었다.

목소리

요즈음은 목소리가 아련하게 들린다
가슴이 철렁철렁한다
똑같은 말씀
넌 복이 많어 아무리 생각해도 하신다
남편 복 자식 복이 많아
가진 것 없어도 행복해 보일 때가 많어
그 말씀 듣고 있으면 맞는 말 같기도 하다
정말 신께서는 나에게 남편 자식 복을
남기고 주셨나 보다 세상 공평하라고
고통 소리 아파하시는 소리 안타까워도
전화를 자주 못 한다
마음은 안 그런데
이 무슨 어리석은 소리란 말인가
보면 볼수록 목소리를 들으면 들을수록
가슴이 먹먹해지고 아려 온다
그러다 귓가에 맴돌기도 한다
행복한 딸이야 넌
행복하게 행복하게 하고는 끊으신다

요즈음에는 늘

끊어진 전화기 들고 멍하니 앉아서

한참 동안 움직이지 못했다.

나무

겨울나무를 보고 있노라니
쓸쓸하게 느껴진다
허무해서일까?
낙엽이 다 떨어져 앙상하게 보이는 나무
겨울옷 입고 있다

봄에는 나무 앞에 서서 하늘을 봤는데
푸르른 향기가 하늘 높이 올라가더니

여름에는 그늘이 되어 주고
가을에는 울긋불긋
멋진 모습 자랑하느라 바쁘더니
겨울에는 내년을 위해서
낙엽 비가 내려서
떨어진 낙엽 밟으며
낭만을 감성에 느끼게 해 주더니

겨울옷 입고 참고 기다리라고

봄에 멋진 모습으로 만나자고 한다

와 언제나 변함없는 나무들

나무들이 유난히도 많다

팔 한번 크게 벌려 안아보고 싶은데

용기가 나지 않는다

그냥 바라보며 서 있기에는

뭔가 아쉽다

겨울나무라서 그런가.

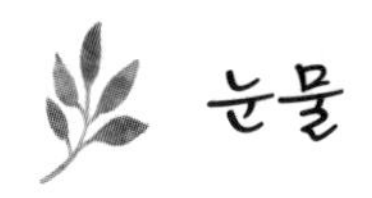

눈물

비가 내리듯 눈물이 흐른다
이럴 땐 비가 내렸으면 좋겠다
우산 없다는 핑계 대고
비를 맞으며 울고 싶다
하염없이

한 줄기 눈물은 외로울까 봐
두 줄기 되어 흐른다

천둥번개라도 치면
핑계 대고 소리 내어 울 텐데
우는 소리가 흐르는 눈물 때문에
그 누구에게도 안 들릴 테니까

오늘은 눈물을 방울방울 엮어서
목에 걸어 하나씩 하나씩 떼어 내어
강물에 던져 버리고 싶다

저 멀리 바닷길 따라서 멀리 가라고

아무도 내가 흘린 눈물의 사연을

알 수 없도록.

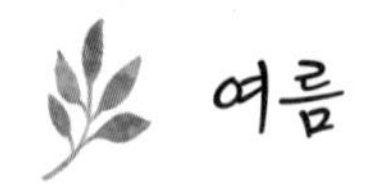

여름

새까맣게 탄 얼굴을 하고
웃으며 어깨에 메고 있던
가방을 내려놓는다
많이 지치고 힘들어 보인다
나이가 많아지니
당연한 거 아니겠는가
여름에도 모자를 벗으면
김이 나는 게 보인다며
아무렇지 않게 얘기한다
괜찮아 괜찮아
우리 공주랑 이렇게 사는 거지 뭐 한다
시원하게 샤워를 마치고
냉장고 문 열고 찬물을
벌컥벌컥 소리 나게 마신다
난…
아무 말도 그 어떤 소리도 할 수가 없다
검게 그을린 그 사람
이 시대에 열심히 사는

산업역군 내 남편이니까

오늘도 하루가 이렇게

지나가나 보다.

감사해요

지난 한 해 모두에게 감사해요
정말 행복했어요

봄볕은 따뜻합니다
그래서 나는 행복합니다
시집을 냈어요
많이 좋아해 주시고 응원해 주시고
축하해 주셔서
언니 엄마 당신 친구 모두가
축하해 잘 썼어 하며
의기양양하게 어깨가 으쓱으쓱하게
해 주셔서요

제목 먼저 정해 놔서
제2 시집 제3 시집까지 써야 해요
엄마가 큰딸 위해 홍보대사를 자청하셔서
사촌 오빠 수녀님 지인들께
소중한 시집을 나눠 드렸다고
자랑을 하셨어요

제일 애를 많이 쓴 큰아들

제일 많이 울었다는 수녀님

수녀님께서는 기도 많이 더 많이 하셔서

베스트셀러가 되길 기도해 주신다고

앞으로 전진만 하라는 말씀에

힘이 솟았어요

이 자리를 빌려 모든 분께

감사의 마음을 전합니다

진실한 마음으로 기도하고 응원하겠습니다

즐거운 기분으로 더 열심히 살면서

또 하나의 사랑을 전하고 싶습니다

모두들 감사해요

진심으로 축하해 주셔서 감사해요

또 눈에 눈물이 그렁그렁하네요

평생 글 쓰며 살 거예요

혼자서 할 수 없는 일

여러분 덕분에 하나의 일 해냈어요

제가요.

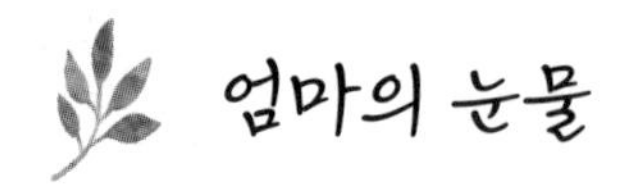

엄마의 눈물

오늘도 엄마가 먼저 전화를 하셨다
누구와 대화하는 게 늘 좋으시다는 엄마
많이 아프시다는 얘기를 하시는데
눈물이 저절로 흐른다
다행히 효녀 동생들 타고난 효녀들이다
심청이보다 더
많이 귀찮고 짜증 나고 화도 날 텐데
속으로 삭이고 묵묵히 엄마를 돌본다
복 받을 동생들이다
난 너무 할 말이 없다…
엄마가 울면서 말씀하신다
우리 큰딸 작가 시인이 꿈인 걸 몰랐다
물어본 적도 없었고 진즉에 밀어줬으면
성공했을 것을 이렇게 글 잘 쓸 줄 몰랐다
하시며 우신다
다 지나간 일 잊어버리시라고
그 시대는 밥 먹고 사는 게 급했으니까
괜찮아요 하니까

엄마가 우리 큰딸이 쓴 시를 지금은 다
읽을 수는 없지만 봄이 오고
따뜻해지면 다 읽으실 거라며
꾸준히 좋아하는 시 계속 쓰라고 하신다
나도 얼마나 숨죽여 통화했는지
그래도 네가 복이 많어 하신다
글 쓰는 걸 잘하니까
늦었지만 성공할 거야 하시며
네 태몽 꿈 아버지가 잘 꿔서 하시며
어떻게 그걸 기억했냐며
아버지를 떠올리시며 우신다
네 엄마 감사해요 아버지도요 하고
눈물 어린 통화를 마쳤다.

비

겨울인데 눈 대신 비가 내린다
겨울에 비가 내리는 것은
따뜻한 봄이 온다는 신호이다

겨울에 비가 내리는 것은
우리 남편 눈 치우는 수고를 덜어주는
깊은 뜻이 담겨 있다는 것이다

겨울인데 비가 내리는 것은
깨끗하게 봄맞이하라는
재치 있는 일이다

겨울인데 비가 내리는 것은
따뜻한 차 한 잔 마시며 쉬라는
깊은 뜻이 있는 것이다.

기차 여행

오월이 오면 기차 여행을 해야겠다고 생각했다

나 어릴 땐 기차에서 삶은 계란 찐 계란

얘기하며 사 먹었는데…

잔뜩 기대를 하고 역으로 향한다

날 기다리고 있을 멋진 풍경을

상상하면 몸이 둥둥 떠오르는 거 같다

기차 타고 가서 길거리에서

파는 음식도 기대하면서 입맛도 다셔 본다

길 가다 보던 풍경도

기차 타고 보는 개나리도 다르다

어쩌면 색도 이리 고울까

말없이 그냥 풍경들만 봐도 즐겁다

메모지와 볼펜을 꺼내

적어 내려간다

기차 여행은 기대 이상이라고

만나는 누군가와도

이야기 나눠 봐야겠다

여행은 모두가 친구고 이웃이니까.

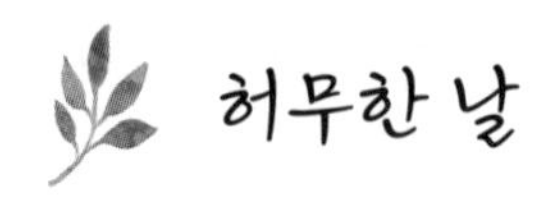

허무한 날

널브러져 누웠다 큰대자로
아무런 생각 없이

어쩌면 세상이 이리도 고요한가
아무 소리도 안 들린다

내가 놀랄까 봐
세상도 날 위로해 주나 보다

가만히 눈을 감았다
무념무상으로 있었다

이렇게 평온할 수가
천장의 전구가
키다리 꽃 코스모스 같았다

그러다 내 숨소리에 내가 놀라서
부리나케 움직이기 시작했다.

여름

찌는 듯한 여름
가만히 있어도 구슬 같은 땀이 흐른다
삼복더위가 있는 여름
중복에 남편 생일이 있다

늘 나는 남편에게 말한다
그 시골에서 전깃불도 없었던
시골에서 어머니의 산모 고통
몸조리는 어떻게 하셨을지

상상이 안 간다고
항상 어머니께 감사하라고
어머니 대단하시다고

찌는 듯한 숨이 턱턱 막히는 여름
남편의 생일이 있다
더워지는 거 보니
남편의 생일이 돌아오는 신호다.

행복

봄볕을 좋아하는 나는
봄볕이 너무 좋아
봄바람 생각하면
기분이 상쾌해지고
얼굴에 웃음꽃이 핀다

웃는 모습을 생각하니
행복이란 단어가 떠오른다
봄 내음도 이곳저곳으로 옮겨가고

여러분 봄 내음에 미소를 지어 보세요
미소를 짓고 나면
행복도 따라와요
이렇게 봄바람에도
봄 내음에도
행복이 번져가는 걸 이제야 알았어요
참으로 행복이 가까이 있었네요

그래서 나는 봄볕을 정말 좋아합니다.

별

반짝반짝 빛나는 별

별은 혼자서 빛나는 법이 없다고 한다

카시오페이아 슬픈 뜻 지녔어도

슬프지 않은 네 모습

밤하늘 별 중에 카시오페이아

다섯 개의 빛나는 별이 있다

다섯 명 친구라 생각한다

40년도 더 넘게 흘러 흘러가는 친구들

아무 소리 없이 있어도

그냥 좋기만 한 친구들

나부터 친구 모두 빛나는 별

바라볼 시간 없이 바쁘게 살아간다

그래도 제일 멋진 모습으로

별이 빛나는 밤처럼

밤하늘 별도 보며 살아갔으면 좋겠다

어느 한 개라도 빛나지 않으면

카시오페이아가 아니니까

반짝이는 별처럼

우리도 이렇게 서로를 비춰 주는

친구가 되자.

봄을 알리는 입춘인데

봄을 알리는 입춘인데
입춘대길이라고 한자로 낙서장에 크게 썼다
추위가 없었던 겨울이었는데
꽃샘추위가 시작되려나 보다
추위가 매섭다
낮에는 몇 방울이나 떨어지는지
셀 정도로 눈발이 날리더니
밤이 되자 비로 바뀌었다

눈 구경 못 하고 넘어갈 수도 있겠다
생각하며 춥지만 거실 문 열어 놓고
매서운 바람을 맞이했다

곧 다가올 봄을 생각하며
봄에는 새싹이 돋고
꽃이 피면서 좋은 소식이 많이 있을 거 같은
예감이 든다
왠지 올봄은 유난히 더 그럴 거 같다

한참이나 거실로 들어오는

찬 기운은 시원했다

추워요 하며 나오는 아들이

잽싸게 문을 닫아 버린다

비가 와서 별도 달도 안 보이는 창가에서

어두움을 계속 바라보고 서 있었다

밝게

비추는 가로등 불빛을 보고 있노라니

너무나도 평온했다

이 생각 저 생각 하며

혼자서 피식 웃었다.

친구의 눈물

장마가 시작되었다고
뉴스에 나온다
울고 싶다던 너
핑계 삼아 네 속에 울분을 달래라고 해 준다

오늘은 소나기 소리에
울음소리도 내어 보라고 얘기해 준다

그래도 가슴 뒤편에는
먹먹함이 남아 있을 거라고
속이 시원하지 않다
체한 거 같은 이 기분

훌훌 털어 버리라고
이 모든 시련들이 길 수 있다고
말해 주는데
소나기 소리에 잘 안 들리나 보다.

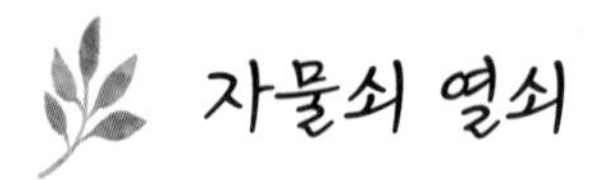

자물쇠 열쇠

사람의 입은 자물쇠 열쇠가 되어야 한다
때론 자물쇠가 되어 비밀이 보장되니
웃을 수 있게 해줄 수 있고
때론 열쇠가 되어
기쁨을 줄 수가 있다

나는 늘 열쇠가 되어
웃음 나눔 기쁨을 사랑을
말해야겠다
너무나 자물쇠가 되어 있으니
내 마음 전할 수가 없었다

내 마음 깊은 곳에 숨어 있는 사랑을
좋아하는 사람들에게 열쇠가 되어
알리고 싶다
그러면 사랑의 씨가 심어져
너도나도 마음의 열쇠 천국
되겠네.

겨울비

겨울비가 내린다
눈인 듯하다 비로 변했다

남편과 남대문 시장을 같이 갔는데
노점이지만 장갑을 사 주겠다고 한다
두 개를 고르라고 했지만
한 개만 골랐다
장갑을 낄 일이 없을 거 같은
온화한 겨울날인데

이 비가 오고 나면
추위가 올 거 같다
추위가 오면
자주색으로 손목 닿는 부분이
털 닿는 장갑 끼고
외출해야겠다

겨울비가 오는 모습 서서 보고 있노라니

재미있다

각자의 색깔 있는 우산 쓰고

어디들 가시는지

수많은 차들도 끊임없이 지나간다

이렇게 버스를 기다리며

하염없이 바라보고 있었다.

엄마

왜 이리도 늙으셨어요

나 많이 힘든데

엄마

젊어서는 고생하시는 모습

그 고생의 짐이 너무 많아

기댈 수가 없었는데

엄마

이제는 늙어버린 엄마 모습에

마음이 아파

내 마음 열 수가 없어서 너무 속상해

내 모습 감추는데

엄마

세상 사는 거 별거 없다더니

지금은 하루 종일 눈물만 흘리신다며

우리 엄마 보고 싶다며

큰 소리로 우시는데…

아, 우리 엄마도 외할머니 딸이셨구나

엄마

나 힘들 때 단 한 사람이 엄마인데

내 얘기 나눌 수 없어 속상해

엄마 하고 나지막하게 불러 봅니다

엄마…!

…

어머니

'어머니' 하고 가만히 부드럽게 불러 봅니다
부모 살아계실 때 고마운 걸 모르다가
돌아가시면 효자 효녀가 된다던데
효부가 아니었던 나
왜 난
작고 깡마른 내 시어머니가 생각이 자주 날까
메기가 입 크다고 큰 입대로 다 먹는 거 아니라고
그냥 참고 이해하라며
너도 이제 늙어 갈 텐데
네 주름살에 네 자식 나이가 늘어난다며
네 흰머리 늘어 날 때는
자식 고민도 는다며
하신 말씀 귓전에 생생하다
어머니 이상하게 그리워지네요
그리워지는 어머니가 감사해요
그래 이래서 세상은 살 만한 거야 하고
느낍니다
'어머니' 하고 생각하면 미운 정 고운 정 생각나
더 그립습니다.

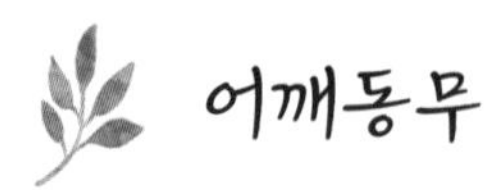

어깨동무

손잡고 걷는 것도 다정한 모습인데
어깨동무하고 걸어가면
얼마나 더 좋을까?

마음과 마음이 하나 되어
앞으로 뒤로 손을 저어가며
걷노라면 더 좋겠지
친구야
우리 어깨동무하고 걸어볼까?
어린이만 하는 거 아니거든

아니면 두 손 잡고 손을 앞뒤로
흔들면서 걸어볼까?
우리도 이렇게 다정히
걸으면 좋을 거 같은데

우리 잠시 어린 시절로 돌아가
이렇게 걸어보자

실개천이 흐르는 물 따라

청계천에 흐르는 물 따라

하염없이 걸어보자

어깨동무하고서

난 언제까지나 기다릴 테니까

언제든지 연락해

기다리는 동안 기도하려고

날씨가 화창해서

발걸음 가볍게 걷게.

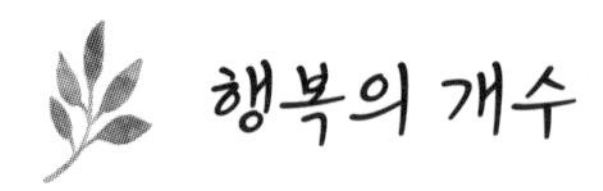

행복의 개수

세상살이 고달플 때
힘든 세상 지쳐 있을 때
손잡아 주는 이가 있을 때

꽃이 필 때 바람 불 때
예쁜 편지에 편지 써서
보낼 사람이 있다는 거

꽃이 질 때 꽃씨 받아서
내년을 기다리며
꽃씨 이름 써 놓을 때

행복을 세어보니
힐링과 함께
행복의 개수가 넘치네
이것도 행복의 숫자에 넣어야겠구나
그래야 더 행복해질 테니까.

밤하늘

까만 밤하늘 별은
그 누가 수놓았나?
그 누구 솜씨일까?
아무도 상상할 수 없는
그림이 그려져 있다

그런데 어떤 때에는
내 마음 따라 그림을 그려 주는 거 같다

별빛에 달빛에
내가 가는 길 믿고 어디든 가라고
총총히 따라서 와 준다
고맙다고
밤하늘 한번 보고 윙크해 주었다
반짝하고 대답해 주는 너
역시 아름다워.

봄바람

경칩이 지나니 완연 봄이다
색깔 있는 스카프를 걸치고
외출을 서둘렀다

오늘은 날 위하여
노랗고 예쁜 프리지어꽃
한 다발을 사 와야겠다

파란색 꽃병에 꽂아 놓고
외출할 때
들어올 때
꽃내음 맡아야겠다
꽃향기가 십 리까지 갔으면 좋겠다
이 봄바람에 모두가 행복하게.

얼음

첫얼음이 얼었다는 소리를 들었어요
왠지 추워지는 게 느껴져요

갑자기 발걸음이 빨라졌어요
깊숙이 넣어 두었던
목도리 장갑 꺼내려고요

그러다가 아직 많이 쌓인 공원의 낙엽을
보며 잠시 발걸음 멈추고
혼잣말했어요

걱정하지 마세요
막 태어난 아기들과
지팡이 의지하고 걷는 어른들이 계시니
추운 겨울도 엄마 마음처럼
다정해져서
포근한 겨울이 될 거예요

얼음은 바쁜 사람 조금 천천히

가라고 얼었으니까요.

겨울비

바람과 함께 비가 내린다
창문 닫는 걸 깜빡했는데
현관문에 걸어 두었던
풍경이 흔들린다

거실문 닫으며 밖을 보니
우산 없이 머리에 가방을 쓰고
뛰박질하듯 달리는 사람들

가끔 비 오는 날
엘리베이터 타고 올라오면서
쓰던 우산을 놓고 내리는데
오늘은
우산 준비가 안 된 사람
쓰고 가라고
밖으로 나가서 우산 쓰라고
쫙 펴서 전해주고 싶다

내가 내려가면

더 멀리 가 버리겠지

그래도 다른 누가 쓰라고

우산 들고 나가서

버릇대기로 습관대로 엘리베이터에다가

우산을 두고 와야지.

친구

나이가 들어갈수록 친구가 소중하다
말없이 앉아서 차 한 잔의 여유 속에서도
행복하다 하고 느낀다
친구의 미소를 생각하면
친구도 내 미소를 생각하고
마음이 따뜻한 걸 느낀다

친구 때문에 오늘도 웃고
좋은 일이 마구마구
생길 것만 같다
오랜 세월 만나온 친구들

메아리가 울려 퍼지게
친구야 정말 난 네가 좋아
사랑해
내 친구가 되어서 오랫동안 같이
지내서 고마워하고
외쳐 보고 싶다

친구들 웃는 모습이 떠오른다

이 쉬운 말을 그동안

왜

못했을까?

거울

거울에 물어본다
거울아 넌 내 마음 알지 하고
거울과 마주 앉았다
거울아 넌 참 아름답구나
그 누구하고도 친구하고
기쁨을 주니까

검지를 펴서 꼭 찍어 문질러 보니
살결도 참 곱고 곱구나
입김을 호 하고 불어서
깨끗하게 닦아주면
고맙다고 미소를 보내는 넌
참으로 고마운 친구야

거울아
난 그런데 널 자주 볼 수가 없어
부끄럽고 내 마음 깊은 곳까지
알아차릴까 봐

하지만 많이 속상할 땐

너랑 마주 앉아 별별 얘기

쏟아내고 싶을 때가 있거든

그러고 나면 마음이 가벼워져서

발걸음 가벼울 테니까

거울아

오늘은 숨어서 고개만 내밀고

널 볼게

까꿍 하면서 내 속마음 들키면

텅 빈 강정이 될까 봐

왜냐면

숨기고 싶은 사연은 들키고 싶지 않거든.

가을 사랑

당신이 흘리는 땀방울은 희망이요
내가 흘리는 땀방울은 사랑입니다
당신과 내가 흘리는 땀방울은
희망 사랑이기 때문에
소중한 가을이 더 멋진 거예요
농부가 곡식을 거두고
풍년가 부르는 소리도 들리고요
그래서 가을 냄새가
더 소중한 시간을 보내라고
바람까지 기분 좋게 불어서
우리 모두 웃음 짓게 하나 봐요
네 그래서 가을도 사랑입니다.

봄바람

창문을 열어 놨더니
봄바람이 살랑살랑 불어오고
꽃들도 웃으면서 춤을 추어요

따뜻한 봄이 팬들을 모으네요
인심도 좋아서 이웃에게
사랑도 나누라네요
너울너울 춤도 추는 날씨가
봄꽃처럼 활짝 웃으며
행복하라네요
저 멀리 아지랑이도 기분이
좋은가 봐요
그 모습에 같이 웃어요
봄바람 냄새가 참 좋아서
봄 노래 같이 불러요, 우리.

또 하나의 새로운 인연

지구는 둥글다 이 둥근 지구가 돌고 돈다

또 새로운 사람과의 인연이 이어지기도 한다

직업에 귀천이 없고 저마다 하는 일이

다르지만 어떤 분야에서는

어! 남자가 어! 여자가 하는 직업이 많아졌다

그래서 때로는 대단해 보이기도 한다

문화센터에서 배우는 과목이 다르지만

이렇게 만난 것도 인연인데

번호를 교환하자고 한다 나에게

번호를 서로 교환하며

나 시내버스 기사예요 한다

순간 놀라고 대단해 보였다

늘 대중교통을 이용하는 나

버스 탈 때마다 미경 동생이 생각나고

생각하며 탈 거 같다

안전운전 하라고 문자를 보냈다

이렇게 미경 동생과 새로운 인연이

시작되었다

지구는 둥글다 이 둥근 지구는

돌고 돌아 또 새로운 인연이 이어진다.

여름

해바라기꽃 피는 것이 보이니
여름인가 보다
여름꽃 이쁜 게 많은데
친구랑 여름 얘기하며
여름꽃 하나하나 세었다

손톱에 물들일 수 있는 봉선화
땅끝에 자랑하는 채송화
내 성씨인 백일홍
하나하나 세다가 친구가
야! 과꽃도 여름꽃이야 한다
오랜만에 우리 노래 부르자며
과꽃 노래를 선창한다
피식 웃으면서 과꽃 노래를
따라 불렀다

다 부르고 나서 친구는
너희 엄마는 늘 나팔꽃은 심으셨다며

그걸 기억하고 말을 한다

그 소리에 고마워하며 미소를 지었다

올해도 엄마, 네 나팔꽃 잘될 거야 한다

고마운 친구 손을 잡고

말없이 있었다.

새해맞이

해가 바뀌는 새해가 되면
아침에 떠오르는 해를 보면서
올해의 소원이 이루어지길 바라며
바다 또는 산으로 간다
올해 2020년 새해맞이를
아들과 함께 응봉산으로 갔다

허리가 많이 아파 잘 못 걷는 나를
오늘도 아들은 감동을 주었다
많은 계단을 오르며 손을 꽉 잡아주며
이끌어 준다
손을 잡고 올라가며 하는 말이
저에게 힘을 싣고 오르세요 하며
행여나 놓칠까 힘주어 잡고 올라간다

아들 덕분에 응봉산 꼭대기까지
올라갔다
서울시 야경이 너무 아름다웠다

추웠지만, 마음이 기분이 좋아서

따뜻해져서 추운지 몰랐다

아들하고 한참이나 침묵하며 서울시를

바라보며 올해 다짐을 마음속에 새겼다

좋은 일만 있을 것 같은

2020년 새해가 시작되었다.

새해

새해가 밝았다

새해에는 마음 편하게 살자

새해에는 쓰고 싶은 시 원 없이 쓰며 살고 싶다

새해에는 여행을 많이 하고 싶다

새해에는 많은 사람을 만나고 싶다

새해에는 뭔가에 도전해 보고 싶다

새해에는 봉사 나눔을 해서 도움을 주고 싶다

새해에는 건강하게 운동도 많이 하고 싶다

새해에는 이루지 못한다면

다음 새해를 기다리며 살겠지

그래서 새해에는 잘되길 후회 없이 살기 위해

계획대로 부지런히 움직이며 살자

모두가 알찬 새해가 되길 바란다

모두를 위해서 열심히 기도하는 나

새해를 맞이하며.

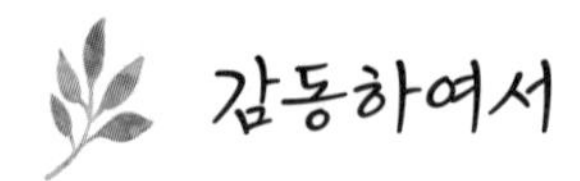

감동하여서

바람 한 줄기에 바람만 스쳐도
볼펜을 들고 시를 쓰고 싶어진다
걷다가 그늘이 있는
벤치에 앉아서 떨어져 있는
낙엽을 보고도 시를 쓰고 싶어진다
바람 불어서 좋아서
그늘지니 좋아서
마음속 깊숙이 들어있는
사연을 적어서
모든 사람을 미소 짓게 하고 싶다
수북이 쌓인 낙엽만큼
많은 이야기를 써 보고 싶다
떨어진 낙엽 모두가
모양도 색깔도 다르듯
모두의 사연 모으고 모아서
후 하고 날리면
너울너울 춤추며 날아가
누군가 손에 닿으면
감동하여 미소 짓겠지!

울고 싶었는데

비가 오는데
비가 제법 세차게 내리는데

기다렸다는 듯이 난 울었다
소리 없이 내리는 눈물이
왜 이리도 뜨거운지
비 맞고 걸으면서 울고 싶었는데
그냥 넋 놓고 앉아서
내리는 비를 보면서 울었다

내 속에 복잡한 일
복잡한 생각
깨끗하게 해 주려고
이 비가 그치고 나면 부끄러워서
하늘을 못 볼 거 같다
그저 날 위로해 줄
시원한 바람이
나를 맞이했으면 한다

다 그러면서 사는 거라고

혼자 위로해 본다.

눈

온다고 약속도 안 했는데

밤새워 몰래 소복소복 쌓였네

아침 일찍 거실 커튼 올리는데

듬직이 서 있던 나뭇가지 위에도

너무나도 하얀색으로

도배가 되어 있어서 감동하였다

약속도 없이 와서

온 세상 깨끗이 하라고

하얀 이불 덮어 주려고

그 마음 따뜻해 사라져 안 보일까 봐

찰칵하고 한 컷 찍었다

겨울에만 내리는 눈

내 마음까지 따뜻하게 덮어 주었다.

쉿!

무슨 소리인가 했더니
봄이 온다는 소리였어요

쉿
봄 오는 소리가 저 멀리서
달려오는 구름이 더 크게
멋있게 보였어요

쉿
세상에 코끝에서도 느껴져요
봄이 온다는 소식이

쉿
눈으로도 느껴져요
봄이 보이거든요

쉿
봄이 오는 소리에

행복이 누구에게나 번져가요

모두가 행복하라고요

쉿

봄에는 사랑도 나누는 거

누구나 다 아시죠

쉿

맞아요, 우리 모두 웃어요.

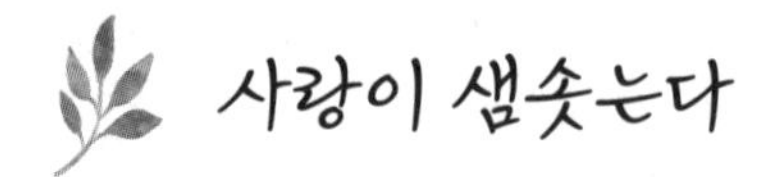

사랑이 샘솟는다

우리 집 거실에서 바라보는

풍경이 참 좋았는데

우뚝우뚝 건물들이 하늘 닿을 듯

올라가고 있다

뒷짐을 지고 풍경을 바라보며

살포시 웃으면 작은 눈이 더 안 보이게

웃는 남편이 갑자기 뒤돌아보며

나에게 얘기한다

저기 높이 올라가는 아파트보다

당신을 더 사랑해

사랑은 샘솟는 거야 한다

남편의 그 한마디에 코끝이 마음이 찡해진다

사랑은 샘솟는 거란다

내 가슴을 적시고

난 뭉클한 오늘의 감정

고이고이 간직해야겠다.

오늘도 나는

시를 좋아하는 나는
오늘도 주제 없이 시를 써 본다
지우기를 몇 번 반복하지만
지금도 시를 써 내려간다
너무도 고요해
내 숨소리와 함께
글씨 쓰는 소리만 난다

아들은 음악을 듣는지 제법 크게 들린다
어릴 땐 딸같이 살갑게 굴더니
크니 평범한 아들이다
무심한 듯 친절하다
점점 개인주의가 돼 가는 세상
물들지 않았으면 하고 생각한다
조금 더 너그러우면 안 되는 세상인가
따뜻한 정이 그립다
의리 우정이 많이 얇아진다
이웃 간의 정도 없어져 가는 거

당연한 건가

이건 아닌데 한 박자 쉬어 가며

살면 좋은데

그래서 나부터 변해서

더 따뜻한 정 나누고

다정한 얘기 나누면서

오늘도 최선을 다하자

늘 미소를 짓는 내가 되자

그래서 오늘도 나는

보람 있는 하루를

보낼 것이다.

겨울 들판 가작 상 당첨 글

추운 겨울도

따뜻하게 느끼는 것은

당신의 사랑과 나의 미소

때문입니다…

글판 쓰는 것도 좋아해요

자주는 아니지만 가끔 도전하는데

가작 당첨되었습니다 내가

영광입내다

큰 상은 아니지만

감동하였어요 ㅎㅎ

어느 날 다시 도전해서

우수상 타 보고 싶어요

읽어주셔서 감사합니다.

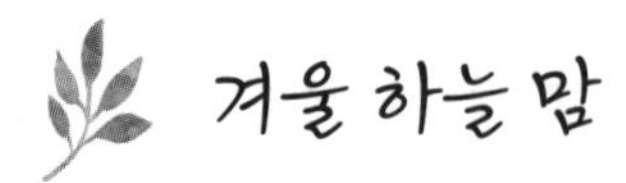

겨울 하늘 맘

눈이 내린다
하얀 눈이 펄펄 내린다
잠시도 머뭇거리지 않고
쉼 없이 내린다
어쩌면 저리도 하얀색을 갖고 있을까?
더 소복이 쌓이면
대 자로 누워서 하늘 보고
얘기하고 싶다
눈 내리는
하늘 마음 알 거 같다고
눈 속에 담은 사연을
손으로 뭉쳐 던지며
미소를 지어 본다.

인생

내가 힘들어하니까

내가 고민에 근심 어린 표정을 지으니까

남편이 그런다

우리 사는 세상이 희로애락이 있고

그 길 따라서

풍년도 있고 흉년도 있는 거야

지금까지 잘살고 있으니까

더욱더 나은 날 오길

기다리고 생각하는 게 인생이야

부족하지만

최선을 다해

당신을 사랑하며 살게 하며

넓은 가슴으로 날

포근히 안아 주는 남편

말없이 오랫동안 안겨 있었다.

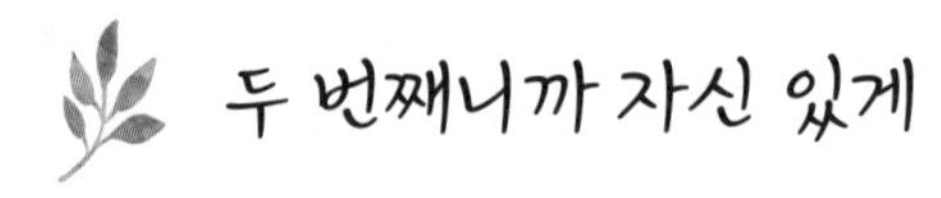

두 번째니까 자신 있게

한 해가 또 간다, 덧없이

나이가 또 한 살 플러스 되겠네

그래도 보람은 있었다

꿈을 꾸고 생각했던 것을

실천에 옮겨서 해냈다

남들은 비웃을지언정 난 정말

가슴이 벅차오르고

무한한 상상을 하며 즐거웠다

한 번 더도 전해보고 싶었다

끊임없이…

도전은 용기와 희망과 설렘이었다

두 번째니까 자신 있게

이것이 나의 두 번째 책 시집 제목이다

또다시 책이 나올 것이다

누구든지 저 잘했다고 장하다고

토닥토닥해 주세요
하늘 구름만 보이는 우리 집인데
오늘은
구름 한 점 보이지 않네요

당신의 위로가 필요해요
누구라도 당신이 되어 주세요
누구라도 좋아요.

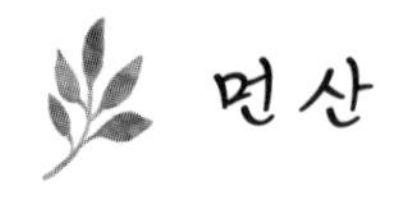

먼 산

저 먼 산에는 무슨 얘기가 숨어 있을까?
늘 찾아오는 산새에게 소식을 듣는 먼 산
꽃들도 나무들에게 숨어 있는 얘기를
알고 싶어 한다

바람이 가져온 얘기에 나뭇잎도
웃고 있을 거고
어쩌다 상처가 될 얘기는
빗소리에 씻어 버리고

숨어 있는 산딸기는
색도 예쁘고 맛도 좋으니
얼른 가서 먹고 오라고 할 거 같은데

오늘도 저 먼 산을 바라보며
꿈도 꾸고 생각도 하고
마음만 부풀어 오른다
완전 무장 해제하고

숨어 있는 얘기 찾으러 가 볼까?

힘들 때 의지가 되어 줄

나무들이 줄지어 있으니까

다리 아프면 쉬어 가라고 돌의자도

있으니까

저 먼 산에 숨어 있는 얘기 찾아서

모든 사람에게

전해주려면

혼자서라도 기운 내서

찾아가야겠다.

추억

빨간 단풍나무 사이로
가을 햇빛이 비친다

차를 타고 지나가는데
가로수를 보고 있노라면
질서정연하게 가지런히
지나간다
외할머니께서 단풍나무 보고
꼭 애기 손 같다
색도 이쁘고 단풍잎도 이쁘다고
말씀하셨다고 하신다
엄마는 가을 단풍잎 보면
늘 외할머니 그립고 보고 싶으신지
추억에 잠기곤 하신다
또
이름 모를 단풍나무 잎들도
물들이고 이리저리 섞여 있어도
제 나름대로 멋을 내는

단풍잎들

바닥에 떨어져 있는데

밟으며 지나가다가

낙엽 밟는 소리가

미안한 마음이 드는 건

왜일까?

비

비가 내린다

세상을 깨끗하게 해 주려고

내리는 비

사람들 마음까지 씻어 주고

빗속에 상처를 보듬어 주려고

이렇게 한 사람 또 한 사람의 마음을

깨끗하게 씻어 주고

위로가 되어 주며

우산을 같이 쓴다

우산을 같이 쓸 때 메마른 가슴에

단비가 되면

세상은 비 온 뒤 깨끗함에

미소를 띄울 것이다.

봄비

봄이 오려고 봄비가 내려요
겨울 어서어서 가라고
추운 겨울 속에 숨어 있던 봄
이제는 마음껏 뽐내려나 봐요

봄
봄이 오면 할 일도 많아져요
선글라스도 꺼내야 하고요
봄볕이 너무 따뜻해 똑바로 하늘을
볼 수가 없으니까요
봄 향기에 취해서 기분이 좋아지고
향기에 취해 힐링이 될 거니까요
향기도 맡게 하고
푸르름도 선물하고 할 게 많아요
여름을 기다리는 사람 위해서
봄바람과 함께 지나가겠지요

봄봄

봄비 내리는 오후 기분 좋은

음악과 함께 우두커니 창문을 바라보며

빗줄기를 세고 있어요

그래도 봄이라 기분 좋은

오후입니다.

계절

네가 흘린 땀방울

내가 흘린 땀방울

방울방울 엮으니 가을이 온다네

여름이 좋다

그래도 가끔은 그늘 바람을 주는 너

모두에게 위로가 될 듯해

선물로 온 여름은

뜨겁고 빛나고 아름다운 것이다

그래서 소중하다

우리는 그대라는 그늘을 만나기 위해

함께 걸어보자

여름 속에 숨어 있는 가을

생각하면서…

가을이 희망이 되어

전진하는 너와 나 때문에

오늘도 웃는다.

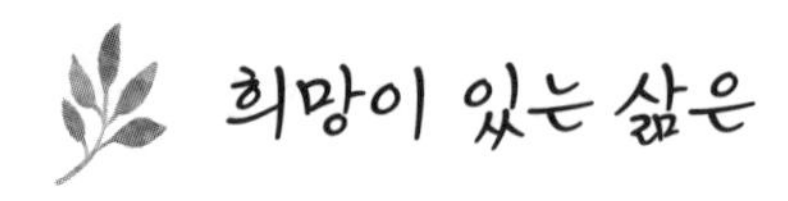

희망이 있는 삶은

밝은 태양이 떠오르는 것을 보면서
많은 사람은 희망을 기대한다
무수히 많은 사람은 연말이 되면
해돋이 보면서
그래 내일부터 희망찬 하루를
시작하는 거야 하고 다짐한다

이런 것이 사람이 살아가는 삶을
바라보는 것이 아닐까
태양을 보고 난 후 각자의 처소로 돌아와
바쁜 발걸음 속에서 희망찬 삶의
소리로 느끼고 살겠지

얼마나 바쁜지 길에 떨어진 100원은
외로이 이리저리 치이기에 허리 숙여 주웠다
100원으로 뭐 할까?
왠지 많은 것을 할 수 있을 것 같은
기분이었다

그래 희망은 마음이 평안하고 기분도

붕 떠 있고 가슴 펴고 당당하게

걷는 이 발걸음일 거야

웃음 잃지 않고 사는 것이 희망이 있는 삶

맞아 하고 외쳐 본다

모두가 희망을 잃지 않길 바라며.

여행

여행이라기보다는

맛있는 점심이나 먹자며 청량리로 향했다

기차에 몸을 싣고 말없이 달리는

차창만 바라보며 갔다

올해 원주 춘천을 다녀왔다

이름난 곳을 택시로 달리며

이름 모를 기사 아저씨와 수다도

떨면서 박장대소하며 웃었다

아주 오랜만에 큰소리로

집으로 오는 기차역 가면서

살며시 손잡으며

난 한 번도 안 한 소리인데

당신이 있어서 나는 행복해

고생시켜서 미안해 하며

꽉 잡는 손

난 흐르는 눈물을 닦을 수 없었다.

봄

아장아장 걸어와서 살포시 안아 주는
너는 봄이었구나

어쩐지 따뜻하고 기분이 좋아서
하늘을 보니
나뭇가지에 새싹이 보이더라

그래서 나를 또 한 번 희망을 갖고
한 걸음 한 걸음 목표를 향해
가게 하는 너

그래 봄볕은 따뜻하니까
모두가 행복할 거야.

눈물

눈물도 흘릴 줄 아는 사람이 행복한 거야

외로움을 느낄 줄 아는 사람도 행복한 거야

슬픔마저도 생각하고 있는 사람도

마찬가지야

난 눈물도 외로움도 슬픔도 모르고

살아가거든

풍부한 감정은 다 어디로 갔는지

마음만 아파하고 있다

하늘의 구름 보며

밤하늘의 별을 보며

감성에 젖기도 했는데…

아무런 감정 없이 사네

비가 와도 바람 불어도

무심히 세월만 흘려보내고 세월만 가는데

안타깝다 생각하며

오늘도 하루를 보냈다

눈물은 흐르는데

왜

흐르는지 모른 채

기도하며 울어본다 이렇게라도

눈물 흘리니 답답한 게

순간이지만 사라진다.

콩

나는 송편에 콩이 들어간 걸 좋아한다
송편을 먹으며 당신과 농사지으며
살면 좋은데 하니 농사가 쉽냐며
농사에 대해 설명한다
콩은 아무 곳이나 심으면 잘 자라지만
심을 때 세 알씩 심는다며
왜 세 알씩 심는지 설명해 준다

한 알은 새가
한 알은 두더지가
한 알은 사람이 먹어서
세 알씩 심는다고 얘기한다
이렇게 아름다운 자연의 법칙을
이해하니
나눔의 아름다움
행복이 숨어 있는 것을 느꼈다
농사짓는 마음이 이리 아름답고
나눔의 법칙이 숨어 있구나 하며

올해 농사짓는 모든 분들

풍년가를 울리기를 소원해 본다.

사랑

보고 싶은 사랑

그리운 사랑

친구도 지인들도 날 보고 싶고

그리워하겠지? 내가 그런 것처럼

늘 같이 있어도 바라만 봐도

좋은 사람

눈에서 사랑이 느껴진다

서로 잘 알지만 느낌으로만 아는 것도 사랑

받아 주어도 사랑

사랑하기에도 모자란 사랑

마음껏 표현해 주자고요

우리 모두

나도 내가 아는 모든 이들에게

아낌없는 사랑을 나누고 살아야겠다.

매일

매일매일 똑같은 날
누구에게나 주어지는 24시간
아침에 일어나 창문을 열면
상쾌한 공기가 새롭듯

흘러가는 구름을 보고
오늘 할 일을 떠올린다
늘 하는 일을 시작하며 어떤 일이
있을까? 생각한다

누구에게나 어느 집이나 똑같은
반복된 일상생활이지만
이 또한 매일이 새롭다
매일이 정겹고 이게 사는 거지 뭐
어제도 그립고 그제도 그립다
다가올 내일도 그리울 거야

매일 매일 새롭게 특별하게 살자

사는 게 별거냐 이렇게도 사는 거지 뭐

간혹 우연히 옛날 기억 속에 사람도

만나기도 하더라

그래 매일매일 이렇게 순조롭게 살자

또다시 매일매일을.

산책

길을 걷다 보면 나이 지긋한 사람들이
남녀 간에 손을 잡고 걷는 것을 보면
참 다정해 보인다
아주 가끔 중랑천 뚝방길을 걷는 운동을
할 때가 있다
그곳에서도 다정히 손잡고 걷고 있는 사람들
아~~ 참 보기 좋구나
생각하며 집으로 왔다

내일은 남편과 손잡고 걸어 봐야지
남편 손잡고 걸어 본 지가 언제인지…
무엇이 바쁜지 아니면 관심이 없어서였는지
내일은 일찍 와서 나하고 손잡고
산책하자고 전화해야겠다

운동화 손질도 미리 해 놓고 모자도 쓰고
집에서 가까운 중랑천 산책해야겠다
다른 사람 눈에도 우리가 다정해 보일까?

오순도순 얘기 나누며

산책하며 웃어야지….

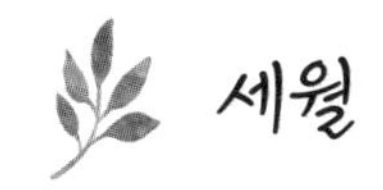

세월

낙엽이 떨어진 것을 보고
낙엽을 일부러 밟으며 터벅터벅 걸었는데
작은 돌멩이도 일부러 뻥 차보기도 했는데
벌써 새싹이 돋고 꽃이 피려고 한다
바람 냄새도 겨울과는 다르네
공기도 그러네
일부러 하늘 한번 쳐다보니
구름과 하늘색도 다르네
이렇게 봄기운을 느끼며
아~ 시간이 흐르는 거구나
하고 생각에 잠겨 본다
세월과 더불어 내가 나이 한 살 더 먹고
지난 것은 기억 속에
새로 맞이할 운명은 또 하나의 추억이 되니
보이지 않는 끈 잡고 앞으로 가면
어떤 좋은 일이
나에게 웃음을 즐거움을 줄지 기대해 본다.

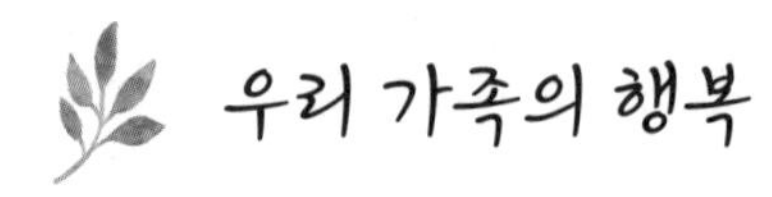

우리 가족의 행복

행복이 뭔지 아시나요? 하면서 웃으면서
아침 일찍 가족 모두 일터로 나갈 때
저녁때 모두 모인 가족들 모습 볼 때

내가 힘들 때 가족이 힘들 때
서로가 서로에게 도움을 줄 때
외롭지 않게 보듬어 줄 때
이렇게 사는 게 행복이고 행복이구나 느낄 때
그렇죠 하고 말할 때

매일 매일 보는데 사랑하는데
표현을 안 해도 아는 거
그래~ 이것도 행복인 거야
누가 뭐래도 우리 가족 생각은 그래.

인생의 시

꽃은 피고 지고 하지만

인생은 돌아오지 않는다

흔적도 없이 사라진다

괜스레 서글퍼지고 쓸쓸해진다

하늘의 태양은 따뜻한 봄에도

엄동설한 추위에도 빛을 비추는데

사람들이 고마워하는 소리 없어도

언제나 변함없이 비추는데

우리네 인생은 그래! 이래도 좋고 저래도 좋으면

이 얼마나 좋을까

이렇게 좋으니 모든 게 이해되고 용서되지 않을까

우리는 누구나 가뭄에도 솟아나는 샘물을 보면서

조금은 너그럽게 살았으면 하고 생각해 본다

힘든 삶의 짐은 던져 버리고 바쁜 세상이지만

여유를 갖자.

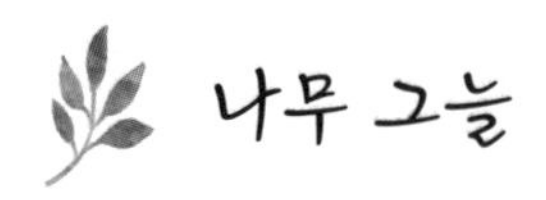

나무 그늘

나무 그늘 같은 사람이 되라고
아들들에게 말을 했다

큰 나무 그늘에서는
누구나 언제든지 와서 쉬어간다

고마움을 느끼며
보기에도 얼마나 멋지고 탐나는 큰 나무
나도 큰 나무 그늘 같은 사람이 되고 싶었는데
하지를 못했다

아들들에게는 늘 말했었는데
나무 그늘 같은 사람이 되라고
젊으니까 될 수 있다고
희망이 있다고 말해주었다

그 누가 알아주지 않아도
묵묵히 언제나 그 자리에

늘 변함없이 서 있는 나무처럼

그늘이 좋은 걸 알면서도
나무에게 고맙다 고맙다 하며
안아 주고 반겨 주는 사람 없어도
그렇게 서 있으므로
많은 사람이 마음속에 고마움을 느끼는
마음으로 그런 삶을 살기를 바라며….

걸음

오랜만에 숨이 차게 걸었다
허리 무릎 아파서 느릿느릿
나무늘보처럼 걷는데
헉헉 소리가 귓가에 크게 나도록 걸었다

작은아들은 저만치 멀리 가 버렸다
그림자도 안 보이게

천천히 오세요 하고는 바람처럼
쌩하고 뛰어간다

전철 두 정거장 걸어가니
돌아서 오는 아들하고 마주쳤다

그래도 오늘 수고하셨어요 하며
내 걸음에 보폭을 맞춰주며
같이 걸어주는 내 아들.

모자

아들과 같이 모자를 사러 갔다
엄마 친구분들과 나들이 갈 때 쓰세요
제가 사 드릴게요 한다

건강검진하고 오는 길에
따뜻한 햇빛만큼 마음이 따뜻해진다
여러 가지 모양 색깔 이것저것 써 보고
같은 색이 아닌 다른 색 같은 모양의
챙이 있는 모자를 골랐다

왠지 뿌듯하고 기분이 좋고
이걸 선물로 받고 좋아할 친구들
생각하니 기분이 업되었다

하지만 꿈에서 깬 것 같은 기분
비닐봉지에 담긴 버섯과 버스에
두고 내렸다

지금도 그 모자는 버스 타고 가고 있을 듯

참 허무하고 허전하고 안타깝다

아~~ 바람도 안 부는데 날아가 버린 모자.

새벽

아침 햇살이 살포시 앉기 전에 잠이 깼다

시간을 바꿔 아침에 좋은 공기 마시며

걷고 싶었다

새벽에 지나가는 버스를 보니

부지런한 사람들이 빼곡히 서서

가방 하나 메고 목적지를 향해 가고 있다

그래 맞아 사람은 부지런해야 해

맞아 아침 햇살과 더불어 목적지를 향해

갈 곳이 있다는 건

행복이 기다리는 거다

내일의 태양이 또 올라와도

목적지를 향해 가는 새벽을 여는

사람들이

열심히 사는 모습 감사합니다

오늘 새벽은 유난히 상쾌했다.

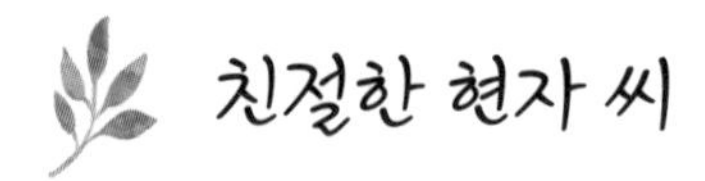

친절한 현자 씨

현자라는 이름을 가진 친구가 있다
태어난 곳도 자란 곳도 다른데
면목동에서 30년 넘게 살다 보니
만난 친구다
친구라는 인연이 어디까지 언제까지
이어질지 그 누구도 모르지만
똑같이 아들 둘 키우며
다른 삶 살지만 통하고 통하는 게 많다
속상하고 힘든 얘기
즐겁고 힘든 얘기 좋은 얘기를 나눈다
텁텁한 녹차 한잔 마시며 세상사는
얘기를 나눈다
검은 머리 하얀 꽃 피워도
인연이 이어졌으면 좋겠다
저녁노을에 노을빛 비추는 창가에 앉아
차 한 잔에 노을빛에 취하기도 하고
가끔은 손잡고 여행도 하면서
친절한 현자 씨도 나와 같은
생각이었음 좋겠다.

비행기

가족 여행을 계획했다

결혼 30주년 기념으로

기특하게 아들 둘은

결혼기념일을 챙겨 준다

정말 고맙게 생각한다

신혼여행 갔던 곳 부산으로 정했다

내려갈 때 비행기 타고 가기로 했다

60이 넘은 우리가 떴다 떴다 비행기를

못 타 본 촌스러운 사람이라

하하하 웃음이 난다

부산 2박 3일 가족 여행은 즐거웠다

공군 호텔에서 숙식하며 자가용 없는

불편함은 있었지만

맛집도 가고 사진도 찍고

참 촌스럽고 부끄럽지만 즐거운 여행

오랫동안 여운이 남을 것 같다

참 기분이 좋았다고

오늘 일기장에 일기를 써야겠다

이 좋은 기분 오래 간직하려고.

내 남자

사람의 인연이란?

참으로 무수히 많은 사람을

만나고 헤어지고 인연이 깊은 사람은

오랫동안 인연을 유지하며

살아간다

내 남자 올해 64세이다

1984년 서울 서린호텔에서 만났다

부부의 인연이 되어 지금까지 이어지고 있다

선하고 인상이 참 좋다

큰 키에 차남으로 태어났다

지금은 장남이 되었지만

내 남자로 살아온 길이 33년 되었다

하늘의 별 바닷가 모래알처럼

수많은 사연과 일들이 고스란히 마음 밭에

새겨 있다

앞으로 얼마나 더 좋은 일 기쁜 일 신경 쓸 일이

있을지 모르겠지만 물 흘러가는 대로

구름 흘러가는 대로

구속받지 않고 같이 늙어가겠지

때론 떠오르는 태양을

밤하늘의 별을 보며

둘이서 손잡고 서로를 바라보며

지난날 후회는 바람결에 날려 보내고

남은 인생 서로를 의지하며

살고 싶다

부부의 인연이란?

참 묘하다

웬수인 듯 아닌 듯 이렇게 맞추어 산다

이렇게 내 남자랑.

태몽 꿈

사람은 태어나기 위해서 누구나
태몽 꿈을 꾼다
태몽 꿈을 얘기하며
아들인지 딸인지 점친다
그게 다 정답은 아니겠지만
큰 인물 큰 사람이 된다고
기대 부풀어 좋아한다
나 또한 우리 아들들을
태몽 꿈 꾸었다

큰아들은 테니스장 고운 모랫길을
걸어가는데 담장에 커다란 호박잎을
보았다 그 잎사귀에 구렁이가
앉아있는 걸 보았다
뱀 구렁이는 징그러운 동물인데
하나도 징그럽지 않았다
지금도 기억이 생생하다

작은아들은 화분에 오이 두 개를
심었는데 하나만 잘 자랐다
동화책 속에 나오는 잭과 콩나무에
나오는 것처럼 화분에 심었는데
싹이 나서 신기해했다

누군가는 내 태몽 꿈을 무엇인지 물었다
엄마께 들은 얘기로는
아버지가 꾼 꿈인데
아버지가 돼지를 수십 마리 몰고
집으로 들어오셨다는 말을 해 주니

태몽 꿈 되게 좋다
식복도 있고 잘사는 꿈이라면서
어디 가서 꿈 얘기 하지 마 하더라
그래 그때 꾼 태몽 꿈 때문에
감사할 일이 많은가 보다
그래 좋다는데 기분 좋은 일
아닌가 하고 생각했다.

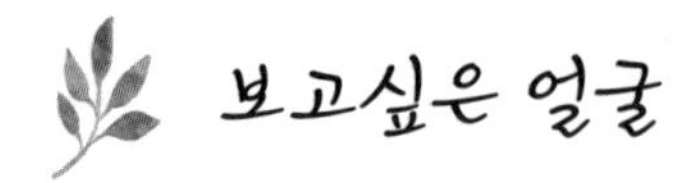

보고싶은 얼굴

갑자기 보고 싶은 얼굴이 생각났다

나에게 도움을 많이 준 사람

집으로 초대해 진수성찬을

차려 준 사람

내 생에 그렇게 큰상을 받을 일 없을 듯

내가 좋아하고 관심을 보이면

꼭 언제나 구해서 선물해 준 사람

한지공예 강사 길을 가게 해 준 사람

시를 좋아하는 나에게

자기 본인도 좋아하는 시인 있다며

책을 선물하며 꼭 시인이 되라고

말해 준 사람

수많은 미담이 나오는 사람

작은아들 초등학교 담임 선생님이다

지금은 어디서 무엇을 하고 계실까?

궁금하고 보고 싶고

같이 커피 한잔 마시고 싶다

선생님 꼭 한번 뵙고 싶습니다

선생님께는 제가 잊힌

사람 중 한 사람일지라도….

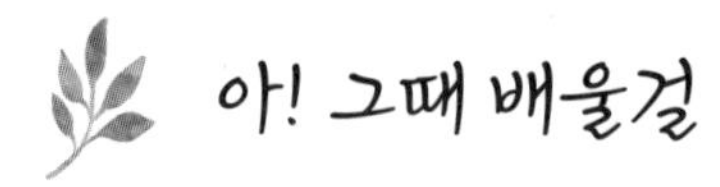

아! 그때 배울걸

된장찌개를 끓이려고 된장 풀고
멸치 넣고 호박도 넣는다
근데 예전에 먹던 맛이 나질 않는다
슈퍼에서 사 온 된장이라고 변명해 본다
그 옛날 어머님이 시골에서 농사지어서
담가 주신 그 맛이 안 난다
청국장도 보내 주셨는데
시집살이 서러워
마주치면 눈물 나게 혼나서 멀리했다
어머님을…

그래도 그때 다가가서 배워야만 했다
된장 고추장 만드는 법을
지금은 우리가 아무리 불러도
못 듣고 못 보고 누워만 계신다
저 하늘 별이 될 날을 기다리면서
아~~ 그래도 그때 배웠어야 하는데
그 어디에서도 그 맛은 찾을 수가 없다

더 땡초 시집살이라도

참고 그때 배울걸 하며

된장찌개를 끓인다

아~~ 어느 시골 장터에 가야

그 된장을 살 수 있을까?

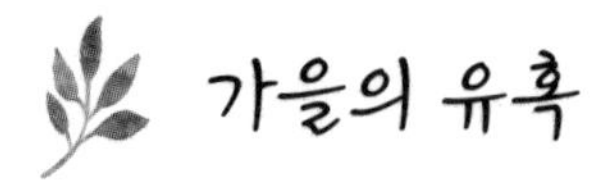

가을의 유혹

가을이 오려나 봐요
파란 하늘의 구름이 선명하게 보여요
바람이 무엇을 찾으려는지
살랑살랑 불어오고요
오늘은 가을 풍경 그리워해 봐요

가끔씩 보이던 나비 대신
잠자리가 보이겠지요
곱게 물든 가을 산은 어서 올라오라고
저마다 색으로 물도 들지요

가을의 유혹을 맞이하려고
오늘은 장롱 속의 옷들을 정리해야 해요
신발장에서
가을에 어울리는 구두도 찾아야겠지요
꽁꽁 숨겨 놓았던 가방도 준비하고요

가을의 유혹을 맞이하기 위해

여름의 묵은 때 벗기려고

청소도 깨끗이 합니다

제일 먼저 가을맞이하려고요

함께 가을의 유혹에 넘어가자고요.

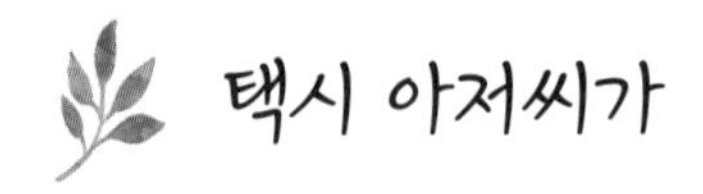

택시 아저씨가

택시를 자주 탄다

허리가 아프다는 이유로

나이도 젊은데 유난히 허리가 아프다

며칠 전 아는 동생네 가기 위해

택시를 불러 달라 했다 아들에게

나이 지긋한 아저씨가 기사였다

마장동까지 가면서 이런저런 얘기 하며

가는 도중에 효자 효녀 얘기가 나왔다

택시 아저씨가 자녀 셋인데 모두

효자 효녀라 노후도 걱정 없다고

자랑을 했다

부럽다고 저는 아들만 둘이라 걱정이라고

아픈 곳이 많아서 걱정이란 소리를

모르는 사람인데 얘기를 했다

택시 아저씨가 그래도 아까 전화 통화한

사람이 아들이냐고 묻길래

네? 하고 대답하니

아주 드물게 오늘 같은 경우가 있다고 하신다

본인이 가는 게 아니고 어머니가 가시는데
많이 아프시니 잘 모셔 달라고 했다며
이런 아들이 있는데 뭐가 걱정이냐고
이 정도면 효자라고
변할 수 있지만 믿으세요 하신다
택시 아저씨가….

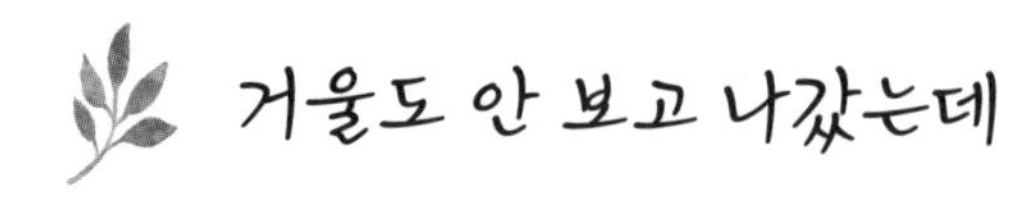

거울도 안 보고 나갔는데

작은아들은 가끔 나에게 밥을 사 준다
친구들과 다니다 생각해 둔 가게인 듯하다
오늘도 먼저 외출을 하면서
꼭 나오란 말과 함께 먼저 나갔다

약속을 하고 이것저것 하느라 시간이 흘렀다
아들이지만 밖에서 만나니 반가웠다
마주 앉아 식사를 기다리는데
찰칵하고 사진을 찍는다
야 아들 바빠서 거울도 안 보고
나왔는데 하니
뭐 어때요~ 우리 엄마인데요 한다
순간 허여멀건 아들이 오늘따라
더 잘생긴 것 같았다

마주 앉아 먹는 점심 맛이 꿀맛이었다
약속이 있다며 버스 정류장까지 따라와 준다.

낙엽

길은 걷다가 낙엽이 포근히 앉아 있는 걸 보았다
땅에 닿으면 아플까 봐 상처가 날까 봐
그랬는지 살포시 앉았다

순간 아~악 하고 소리를 지르며
두 손을 나도 모르게 모았다

지나가는 나그네 아저씨는 무자비한
발걸음으로 바싹하고 소리 나게 밟아 버렸다

산산조각 난 낙엽 그냥 지나갈 수 없어서
잠시 부서진 낙엽을 보고 있었다

바람결에 또는 사람들의 발길에 흔적도 없이
사라지겠지 하며 발걸음을 옮겼다.

두 번째니까 자신 있게

1판 1쇄 발행 2023년 7월 28일

저자 백윤정

교정 신선미 **편집** 김다인 **마케팅·지원** 김혜지

펴낸곳 (주)하움출판사 **펴낸이** 문현광

이메일 haum1000@naver.com **홈페이지** haum.kr
블로그 blog.naver.com/haum1000 **인스타그램** @haum1007

ISBN 979-11-6440-391-2(03810)

좋은 책을 만들겠습니다.
하움출판사는 독자 여러분의 의견에 항상 귀 기울이고 있습니다.
파본은 구입처에서 교환해 드립니다.